CB014885

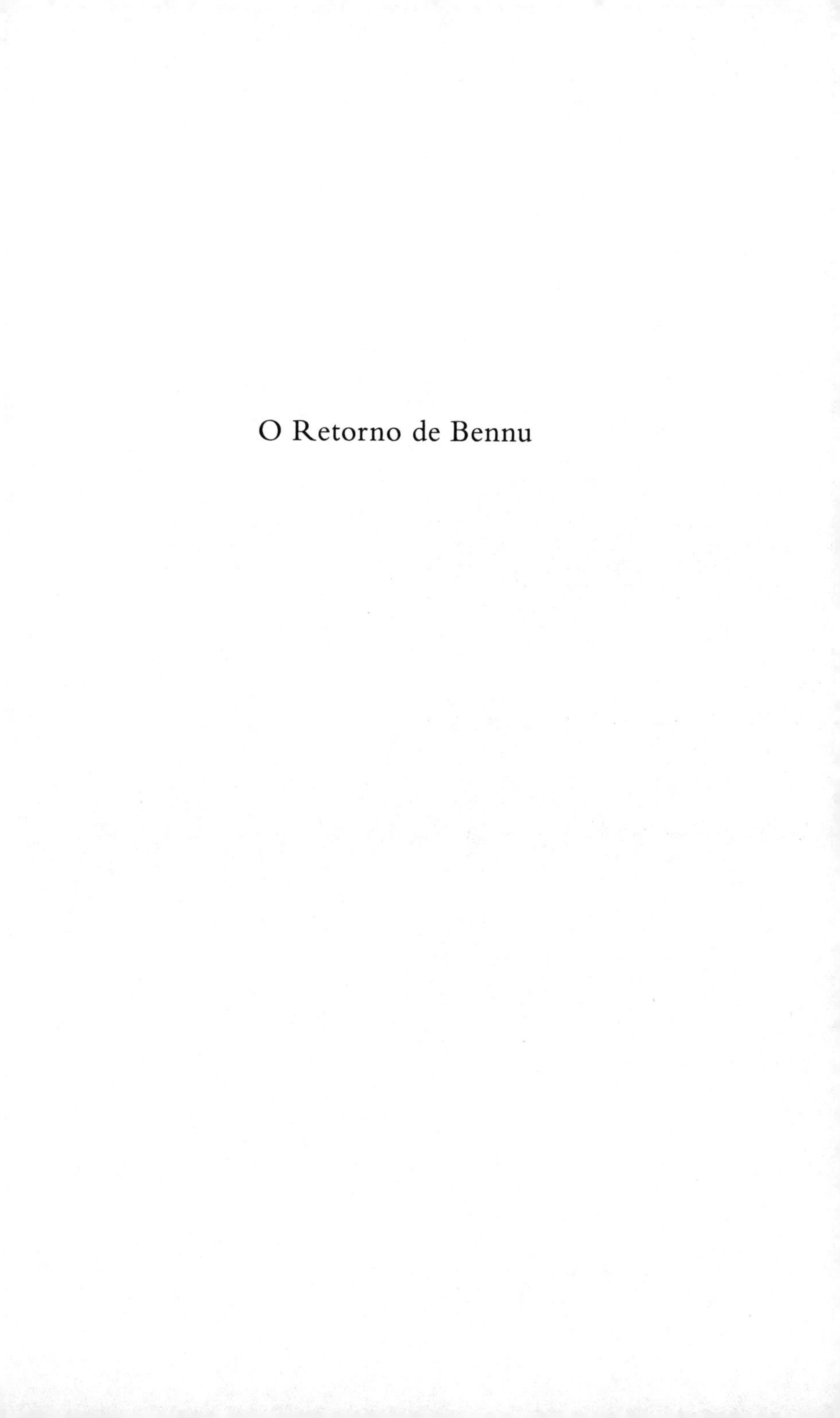

O Retorno de Bennu

Majela Colares

O Retorno de Bennu

Ateliê Editorial

Dados Internacionais de Catalogação na Publicação (CIP)
(Câmara Brasileira do Livro, SP, Brasil)

Colares, Majela
O Retorno de Bennu / Majela Colares. –
Cotia, SP: Ateliê Editorial, 2018.

ISBN 978-85-7480-803-1

1. Aforismos e apotegmas 2. Poesia
brasileira I. Título.

18-16687 CDD-869.1

Índices para catálogo sistemático:

1. Poesia: Literatura brasileira 869.1

Maria Alice Ferreira – Bibliotecária – CRB-8/7964

Ateliê Editorial
Estrada da Aldeia de Carapicuíba, 897
06709-300 – Cotia – SP
Tel.: (11) 4702-5915
www.atelie.com.br | contato@atelie.com.br
facebook.com/atelieeditorial | blog.atelie.com.br

Printed in Brazil 2018
Foi feito depósito legal

Aos meus pais
Casimiro Fidelis Maia, in memoriam
e
Elisa Colares Maia

Aos meus irmãos
Paulo, Isac,
Marcos, Eduardo
e
Rosilene Colares
com admiração e carinho

Para todos aqueles que amam a vida
e lutam por um mundo bem mais humano

A história do homem e da terra tinha assim uma intensidade que lhe não podiam dar nem a imaginação nem a ciência, porque a ciência é mais lenta e a imaginação mais vaga, enquanto que o que eu ali via era a condensação viva de todos os tempos. Para descrevê-la seria preciso fixar o relâmpago.

MACHADO DE ASSIS, *Memórias Póstumas de Braz Cubas.*

A lição de moral, sua resistência fria
ao que flui e a fluir, a ser maleada;
a de poética, sua carnadura concreta;
a de economia, seu adensar-se compacta;
lições da pedra (de fora para dentro,
cartilha muda), para quem soletrá-la.

JOÃO CABRAL DE MELO NETO, *A Educação pela Pedra.*

Entre duas notas de música existe uma nota, entre dois fatos existe um fato, entre dois grãos de areia por mais juntos que estejam existe um intervalo de espaço, existe um sentir que é entre o sentir – nos interstícios da matéria primordial está a linha de mistério e fogo que é a respiração do mundo, e a respiração contínua do mundo é aquilo que ouvimos e chamamos de silêncio.

CLARICE LISPECTOR, *A Paixão Segundo G.H.*

Pensar incomoda como andar à chuva
Quando o vento cresce e parece que chove mais.
Não tenho ambições nem desejos
Ser poeta não é uma ambição minha
É a minha maneira de estar sozinho.

FERNANDO PESSOA, *O Guardador de Rebanhos.*

Quando vejo que tudo quanto cresce
Só é perfeito por um breve instante
E que o palco dos homens se oferece
Aos desígnios dos astros mais distantes
Quando ao céu que ora aplaude ora reprova
Homem e planta em pleno crescimento
Veem findar-se a seiva e a ainda nova
Glória que tinham cai no esquecimento
À luz de tão instável permanência
Aos meus olhos mais moço te anuncias,
Embora juntos, Tempo e Decadência
Queiram mudar-te em noite o claro dia:
Então, por teu amor, o tempo enfrento
E quanto ele te rouba, te acrescento.

SHAKESPEARE, *Soneto XV.*
Trad. Jorge Wanderley.

Se no fogo do amor te resplandeço
Em modo, que o terreno amor precede;
Se aos olhos teus a força desfaleço;

Não te espantes: efeito é que procede
Desse perfeito ver, que o bem compreende,
E, o compreendendo, em se apurar progrede.

Já patente me está quanto resplende
Na inteligência tua a Luz eterna,
Que, apenas vista, sempre amor acende;

DANTE, *A Divina Comédia*, "Paraíso, Canto V".
Trad. José Pedro Xavier Pinheiro.

Sumário

Nota do Autor 17

A Específica Experiência Vital de Majela Colares
– *Alexei Bueno* 19

O RETORNO DE BENNU

PERCEPÇÕES 27

Manuscrito 31
Cantata 33
Miragem 34
Mormaço 35
Ruminança 36

ALUMBRAMENTOS 37

Trilha Umbilical Remota 41
As Horas de Deus 42
Palavras a um Futuro Sol 43
O Retorno de Bennu. 44
Eu e Minha Aldeia 49
Meu Infinito 50
Além do Silêncio 51
Tempo de Espera 52

Percepção Plena 53
Tatuagem 54
Encantamento da Luz. 55
Caminhos de Longe. 56
Insônia de uma Noite Moderna 57
Breviário de uma Noite Única 60
Por Trás da Cortina 61
Análise de um Fim. 63
Marca de Giz. 64
Apocalipse Não 65
Visões de um Poema 66
Cantiga do Instante Sóbrio. 67
Manhã em Flor 68
Além do Além. 69
Extremo Limite 70
To Be or Not to Be. 71
Um Dia Seminu 72
Cantiga de Encantamento. 73
Dos Mistérios da Vida. 74
Um Momento de Van Gogh 75
Congruência Quântica 76
Sombra Humana 77
Poema de Amigo 78
Insensato Poder 79
A Vida pela Vida. 80
Da Arte de Ser Nada 81
Lonjuras de Areias 82
Lucidez 83
O Silêncio e Zaratustra. 84
O Meu Quintal 85
Flor do Viço 86

Meteórico Encanto 87
Poemeto Inocente 88
Sutil Segredo 89
Vidraça Antiga 90
Um Momento de Quíron 91
Fúria 92
Mirante 93
O Amor e sua Hora 94
Céu em Chamas 95
Big Bang Múltiplo 96
O Amor do Mundo 97
Estrela Fugidia 98
Poema do Amor Real 99
O Amor e suas Cores 100
Amor de Lhama 101
Labão e Jacó: Outro Paradigma 102
Meu Deserto 103
Quando Amo 104
Missiva de um Filho Pródigo 105
Horas Últimas 106
Um Certo Poema 107
Muito Além do Poema 109

CONFLUÊNCIAS 111

LAMPEJOS 145
Homem 149
Consciência 151
Poesia 153
Poema 154
Poeta 155

Crítico 156
Livro 157
Beleza 160
Inspiração 161
Angústia 162
Contradição 163
Revivência 164
Contraste 165
Esfinge 166
Loucura 167
Medo 168
Revolução 169
Hipocrisia 170
Ceticismo 171
Futuro 172
Silêncio 173
Superação 174
Harmonia 176
Felicidade 177
Convicção 178

Nota do Autor

Bennu, em uma de suas inúmeras descrições, corresponde à garça-real, a Fênix mitológica. Era para os antigos egípcios a ave sagrada de Heliópolis, à época uma das principais cidades religiosas do Egito, hoje correspondente a região localizada a nordeste do Cairo, às portas do delta do Nilo. Bennu é referenciada nos *Textos das Pirâmides,* datados de 4 500 anos ou mais, escritos que trazem informações sobre o Antigo Egito. Bennu também foi associada às inundações do Nilo, bem como à origem da vida. Foi o grito da ave Bennu na criação do mundo que marcou o início dos tempos. Os antigos gregos identificaram Bennu com a Fênix. Segundo Heródoto, "Bennu surgia apenas a cada quinhentos anos". De acordo com o historiador grego, "a ave criava uma fogueira na qual perecia e a partir da qual surgia uma nova ave". Portanto, Bennu, de acordo com a mitologia, assim como a Fênix grega, era uma ave que, quando morria, entrava em autocombustão e, passado algum tempo, renascia das próprias cinzas. *O Retorno de Bennu* sinaliza uma mensagem – ainda que vaga – de renascimento... o Homem é o seu delta.

M.C.

A Específica Experiência Vital de Majela Colares

Alexei Bueno

Há algo de melindroso em escrever sobre a poesia lírica, sobretudo para o comum dos leitores, ou seja, desamparado de uma série de parâmetros críticos mais ou menos consensuais. Não há poeta que não tenha ouvido a terrível pergunta: "Sobre o que você escreve?" Ora, tal pergunta, absolutamente lógica e bem colocada em relação a um filósofo ou a um ensaísta, e ao menos compreensível para os que se dedicam à prosa de ficção, é bastante absurda e inoportuna em relação ao poeta lírico, já que, prescindindo quase sempre de qualquer narratividade, ele é aquele que escreve ao mesmo tempo sobre tudo e sobre nada, sobre os maiores e incontornáveis temas – a vida, o amor, a morte, a passagem do tempo, a impermanência das coisas, o existir neste estranho mundo no qual surgimos sem assentimento prévio –, e a sua arte é aquela que consiste no mais requintado e menos popular entre os gêneros literários, tantas vezes mais próximo da música do que daquilo a que muitos julgam limitar-se a literatura, o milenar "contar uma história", a recém-lembrada narratividade, imprescindível à epopeia e à poesia dramática, mas geralmente inexistente ou puramente acessória no poema lírico.

Majela Colares, meu companheiro de geração, é exatamente isso, um poeta lírico, e, além disso, um lírico de forte tendência elegíaca, o que genealogicamente o filia entre nós, por essa índole, por essa procura de uma visão totalizante do real e pelo sentimento da dor de sua perda, a uma sólida ascendência que reúne nomes como os de Dante Milano, Abgar Renault, Cecília Meireles, Mauro Mota, Vinicius de Moraes, Ivan Junqueira, Ruy Espinheira Filho ou Denise Emmer, entre outros, formadores de uma espécie de rio subterrâneo que flui, incólume, entre a civilização do espetáculo, vigente em toda a parte, e a espantosa ignorância nacional.

O Retorno de Bennu, livro que o leitor tem em suas mãos, divide-se em quatro seções, "Percepções", "Alumbramentos" – palavra que nos recorda imediatamente o nosso amado Manuel Bandeira –, "Confluências" e "Lampejos", sendo que a primeira e as duas últimas são constituídas de uma forma entre o aforismo e o poema em prosa, esse admirável achado de Aloysius Bertrand em seu *Gaspard de la nuit* que, genialmente desenvolvido por Baudelaire nos *Petites poèmes en prose* e por Rimbaud nas *Illuminations*, entrou de maneira altamente prestigiosa século XX adentro, aí incluído o Brasil, com exemplos magistrais de Jorge de Lima, do pouco acima lembrado Manuel Bandeira, de Carlos Drummond de Andrade, de Mário Quintana e muitos outros. Já na segunda e mais vasta das seções deparamo-nos com a arte característica de grande parte da obra de Majela Colares, a de um consumado poeta lírico, oscilando, com notável liberdade, entre a forma fixa e o verso livre, mesma liberdade com que prescinde das rimas ou as utiliza em suas numerosas espécies, das quais as relativamente bem divulgadas não passam das consoantes e das toantes. Em relação ao título, aparentemente enigmático, uma nota do autor nos explica que Bennu é o nome egípcio para a Garça-real, a Fênix da mitologia clássica, o que aclara tudo de forma meridiana.

Os cinco poemas em prosa que compõem "Percepções", de um andamento rítmico irretocável, formam como um pórtico do livro. Se "Manuscrito" é uma crítica clara à automação da vida, e, mais ainda, da consciência humana, a reflexão sobre a Natureza dá origem a "Cantata" assim como, mas agora num nível cósmico, a "Miragem". Já em "Mormaço" e "Ruminança", a Natureza brilhantemente pintada é a do sertão do seu Ceará natal. Em todos os poemas o olhar em profundidade do poeta, aquele mesmo que dá origem a toda a filosofia, casa-se à sua específica experiência vital.

Já em "Alumbramentos", a única seção de *O Retorno de Bennu* inteiramente composta em versos, o poema inicial, "Trilha Umbilical Remota", que remete ao título, volta-se da Natureza para a História, inserindo-a, por fim, no seu quadro cósmico, enquanto a Natureza retorna, religiosamente, no poema em dístico que lhe sucede, "As Horas de Deus". Pouco depois chegamos àquele que nos parece ser o poema central do livro, e que, muito coerentemente, lhe dá título. Vasta composição em versos livres, trata-se de um desses raros poemas totalizadores, um desses ainda mais raros momentos em que a visão do poeta, confundido com Bennu/Fênix, a que renasce eternamente das próprias cinzas, procura abarcar a Humanidade num único relance, histórico, geográfico (numa fascinante enumeração fluvial) e especificamente humano, neste caso através de uma plêiade de mestres, mestres artísticos, filosóficos, científicos, éticos ou espirituais, da eleição formativa do autor. Trata-se, enfim, de um poema de uma ambição quase inencontrável na poesia brasileira contemporânea, cada vez mais gostosamente refestelada no confortável e informe território das bagatelas e das insignificâncias.

Em seguida o leitor se depara com uma série de poemas especificamente líricos, todos de um lirismo reflexivo, diretamente centrados na vivência do poeta, carregados de uma religiosidade algo panteísta, como naqueles que repetem a invocação "Vai, amigo vento, vai". Perto deles, em "Insônia de uma Noite Moderna", reaparece a visão bastante crítica da contemporaneidade que já encontráramos no primeiro poema do livro, "Manuscrito". A sensação inevitável da efemeridade de tudo aparece em "Marca de Giz", a partir do qual firma-se uma maior tendência à forma fixa, ao uso da métrica e da rima, com uma marcante presença estrófica dos tercetos, tudo com a qualidade lírica característica da obra de Majela Colares. O tom elegíaco, por sua vez, retorna no soneto "A Vida pela Vida", *in memoriam* de Ivan Junqueira, ao qual se seguem outros cinco poemas na mesma forma. Antes e depois desses sonetos em decassílabos, existem numerosos outros em redondilha maior, todos da mesma invariável qualidade, depois dos quais retornam aqueles em decassílabos. Em toda essa parte composta em forma fixa, as duas referências centrais, formalmente falando, são os sonetos uma e forte proximidade com a *terza rima*, de mais do que provável ascendência dantesca, relembrando que é de Dante uma das epígrafes que abrem o livro, bem como seu nome é um dos citados entre os *Faróis* – para usar a imagem baudelairiana – do poema "O Retorno de Bennu". "Muito Além do Mistério", poema final de "Alumbramentos", é como uma declaração de princípios de um poeta para o qual o cerne da poesia está justamente naquela que consideramos uma das suas mais agudas definições: "A arte de dizer apenas com palavras aquilo que apenas as palavras não conseguem dizer".

Ao adentrarmos em "Confluências", o verso fica definitivamente para trás, pois daí até o encerramento do livro nós nos encontraremos na fronteira sutil entre o aforismo e o poema em prosa. Nesta terceira seção a forma do aforismo nos parece, sem dúvida, dominante, aforismos de índole filosófica, voltando o poema em prosa a tomar a dianteira em "Lampejos", como já a tivera na curta seção inicial "Percepções". A reflexão sobre a Poesia – assim com maiúscula –, sobre a sua alta e ao que tudo indica para sempre perdida função de "Mestra da Humanidade", posição que manteve da noite dos tempos até pelo menos a decadência da Grécia sob o domínio macedônico e romano, é um dos temas de eleição do autor, motivo pelo qual "Lampejos" consiste numa muito curiosa fusão entre poema e prosa e crítica, ou até mesmo, poderíamos dizer, profissão de fé. Encerra o livro o pequeno poema em prosa "Convicção", onde aflora o tema dos temas, o tempo, nosso mistério fundador e nosso palco inarredável, o que nos remete diretamente à ave mitológica que, em seu mais remoto avatar egípcio, dá título à obra.

O explícito Humanismo que domina a poesia e a visão do mundo do grande poeta que é Majela Colares situa-o numa posição altamente *sui generis* dentro do panorama da nossa poesia contemporânea. Sob o império do mais completo relativismo, a grandeza de sua convicção soará anacrônica ao império do efêmero e do seu cortejo de modismos, que avassalou o Ocidente, o qual, diga-se de passagem, se esforça heroicamente para espalhá-lo para todo o resto do mundo. Felizmente tal fato não arranha um verso, uma palavra, uma vírgula dos poemas que aqui se encontram, o mesmo que ocorre em relação a toda e qualquer poesia autêntica.

Rio, 15.12.2017.

O Retorno de Bennu

PERCEPÇÕES

Qual de nós que, em seus dias de ambição, não sonhou o milagre de uma prosa poética, musical, sem ritmos e sem rimas, tão macia e maleável para se adaptar aos movimentos líricos da alma, às ondulações do devaneio, aos sobressaltos da consciência?

Baudelaire, *Pequenos Poemas em Prosa.*
Trad. Gilson Maurity.

Manuscrito

Meu pensamento alumbrou-se diante da escrita à mão. Reflexivo, murmurou: – Maravilha! Ainda existes. Explicou-se a escrita: – Resisto! E prosseguiu: – As mãos renderam-se... no entanto, algumas continuam relutantes, incorruptíveis. Vez por outra esparramam-se com sensata percepção, sobre a cativante face do papel a revelarem seus segredos. Falam de coisas comuns, naturais... criativas; na fruição do tato em sutil consonância. O tato permanece imutável; apenas foi relegado pela maioria das mãos, que preferem a insensatez e frieza de um teclado a empunhar um lápis. As mãos relutantes têm a consciência de que produzem bem menos e, cada vez mais, são fustigadas para o esquecimento... Relatórios, atas, discursos, veredictos, narrativas e até poemas, hoje, são elaborados pelas mãos rendidas às necessidades urgentes e imediatistas da civilização imposta. O que restou de atividade para a consciência relutante não interessa mais às vias de consumo dos cérebros estressados, comprometidos com a parafernália da evolução intuitiva. Até porque continuam elas a redigir tudo da mesma forma que o faziam há milhares de anos. Manuscritos para a grande maioria dos homens atuais é algo pertencente a um passado ignoto. As mãos relutantes reservam-se às tendências essenciais e fundadoras do alumiante segredo das artes. Outro dia uma mão escreveu... "uma estrela pousou na varanda da minha casa! Rodopiou sobre o mármore, lapidou uma das suas extremidades e voltou sorridente para o seu encantado refúgio no firmamento. Deixou entre os meus dedos um buquê de luz com cheiro de céu". Essa mão – após a divulgação do relato – foi condenada a passar dois terços de ano-luz sem tocar em qualquer objeto que pudesse servir-lhe para rascunhar um manuscrito.

Cantata

Minha esperança fez vigília, à boca da noite, para escutar o cricrilar dos grilos. A cantarola instrumentou meus tímpanos. Quando menino, bem menino, pensava ser o cricrilar dos grilos assobios tagarelas de estrelas. Um sibilar de luzes pontilhando o céu. E era! Hoje tenho consciência disso... Menino, quando bem menino, não imagina coisas inverídicas. Como eram felizes e saudáveis minhas escutas. As estrelas estavam ali, bem próximas, um pouco só acima da minha cabeça... zuniam para embalar meu sono; suas canções de ninar. Grilo, cricrilar, zunir? Nunca imaginei isso. Eu tinha a minha estrela preferida; a mais bonita, mais luminosa e que sibilava mais alto, mais intensamente. Ela cricrilava e sorria para mim menino, bem menininho... sabia de mim, feliz, feliz. Até hoje, vez por outra, ainda escuto aquele zumbido antigo de estrela antiga. Certa noite, ao fabular essa fascinação para um amigo, que nunca morou no mato, chorei de triste... Ele – apesar de bom amigo – riu de mim. Feriu profundamente o meu eu meninozinho. Disse-me não suportar grilos e que nunca sequer olhou de verdade para uma estrela.

Miragem

Inquieto-me! Minha consciência gira em torno do Homem. O que o Homem anda a pensar, a fazer, a deixar de fazer? Questiono-me confuso. Súbito, olho para o céu... vislumbro a imensa vastidão do céu. O pensamento a rodopiar pelo universo – na infinda amplidão do universo – por entre adornos astronômicos. Aponto alguns: Centaurus, Andrômeda, Cão Maior, para não aprofundar-me e nem afastar-me... e mais (como esquecer?) a Via Láctea! No entanto, impulsivamente, chega-me ao pensamento a luzazuli lampejante IC 1101, quanticamente aquática. Fico alheado, completamente... (ariado como se diz na minha aldeia). Assim mesmo, num rastro de luz, ainda consigo, em pensamento, fazer o elo entre a minha aldeia e uma aldeia perdida nos confins do universo. Mesmo assim, num toque de luz, abraço carinhosamente o meu irmãozinho, amigo e camarada, habitante da minha aldeia e em pensamento estendo este abraço ao meu irmãozinho habitante de uma aldeia qualquer, pulsante nas vivas infinitudes cósmicas. Ariado ainda questiono-me... O que o Homem anda mesmo a pensar, a fazer, a deixar de fazer? Bateu sono, dormi. A miragem vagueia-me imaginação adentro...

Mormaço

O cheiro de inverno chegava nos braços do vento. A chuva, descendo a serra, salpicava de azul as minhas recordanças. Sinal de ano bom! Quanto tempo... tudo como antigamente menino. O aroma de água nova que logo fecundaria o cio da terra inundava o faro do gado e o meu. Da noite para o dia, no olhar cinzento dos instantes, alastrava-se o verde babugem; intensificavam-se os urros das vacas, do touro Normando e o balido das cabras, ovelhas, cabritos e borregos. O ritmo dos chocalhos, pervagando veredas, suas trilhas de silêncios e lonjuras, mudava de compasso. O sertão, que há pouco era muxoxos de morte e sussurros de viço, transmutava-se em olhares úmidos, ensopados de inverno, nos quais refletia-se a claridade relampejante dos relâmpagos e o alarido risonho dos trovões. Do fundo da memória vieram-me essas imagens, guardadas de longe, galopando por entre o mormaço aflorado nas primeiras chuvas e o verde pelúcia entressonhado no olfato das minhas revivências infindas.

Ruminança

O sol caía esfomeado de luz por entre xiquexiques, quixabeiras, cumarus, catingueiras, umburanas, marmeleiros, aroeiras, mufumbos, seixos e lajedos, acuando-se caatinga adentro, deixando um rastro seco de fogo. Morria feito uma coivara fumegante penetrando na terra estorricada, chão abaixo, sumindo de vez, feito visagem, salpicando o sertão profundo de vermelho encarnado, nas pupilas dos viventes. A escuridão da noite levantava-se – como as infindáveis noites – sombria. Instantes assombrosos... Rebuliços lentamente vagavam tateando esfomeadas veredas: jaguatiricas, maracajás, furões, raposas, suçuaranas, farejavam o vento vindo de longe, murmurando silêncios. O paladar murchava ao sabor da escassez... Dos olhos dos bichos, como pingos de sóis antigos, saltavam fiapos de luz, exalando esmaecida tristeza de retinas minguantes. Dias de outubro refugiados de uma seca que assolava léguas e léguas tiranas, impiedosas, revivendo uma indesejada e sorrateira fome tatuada nas entranhas da memória. O sol caia esfomeado de luz e a noite avultava-se sombria... malassombrosamente, também, nas minguadas pupilas dos homens.

ALUMBRAMENTOS

O céu continua lindo... o prazer dos homens com as mulheres nunca será saciado... nem o prazer das mulheres com os homens... nem o prazer que provém dos poemas...

WALT WHITMAN, *Folhas de Relva*.
Trad. Rodrigo Garcia Lopes.

Trilha Umbilical Remota

Busco no tempo as inevitáveis renascenças de Bennu
céus remotos de luas antigas da Suméria
o aroma sanguíneo, inebriante
da miscigenação de Bizâncio
as imprevisíveis rotas dos lendários navegantes ibéricos
as reais visões mitológicas, sagradas de Monctezuma

enfim...

busco todo esse passado longínquo
para tentar entender, ainda que o mínimo possível
a eterna memória líquida das infinitas galáxias

As Horas de Deus

À noite, quando os grilos silenciam e as estrelas cricrilam
sinto que o universo está de joelhos aos pés de Deus
em oração

Palavras a um Futuro Sol

Vai, amigo vento, vai
e diz para o alumioso sol
(e propague por todo o universo possível)
que, apesar de tudo, a humanidade insiste...
no entanto, necessita
como nunca, de vozes e silêncio

– o infindo silêncio de lábios indignos

... que os seus intensos e sorridentes raios
inundem as anoitecidas entranhas humanas
assombreadas em escancarantes e omissas bocas

revele, ainda, amigo vento
ao alumioso e comovente sol
que, apesar de tudo, a humanidade insiste...
no entanto, necessita
como nunca, embriagar-se do néctar futuro
do sereno e futuro amanhã
que germina, cheio de graça, em seu alumiante ventre

vai, amigo vento, vai...

O Retorno de Bennu

As águas mansas e sábias do grande Nilo consagram à sua foz
uma inebriante calmaria, incomum às tardes comuns

descendo rumo ao Meditarrâneo, desde a Floresta Nyungwe...
depois Jinja, beira norte do lago Vitória
fluindo, fluente para o longínquo delta bifurcado
para oeste
o canal de Roseta
para leste
o canal de Damieta
onde o enigmático rio
transfigura-se em imensidões de mar oceânicas
quanto mistério, quanto mistério quanto...

tudo é, silenciosamente, rotina de margens e espumas

uah!! uaaaaah!! ueeeeeeeehh!!
uaaaaaaaahhh!!
ueeeeh! uah...

estronda um grito, ouvido e sentido nos quatro cantos da terra

uma voz, em seguida...

– estou, enfim, retornando
a cavalgar
campos de astros alumiosos
e firmamentos de aromas à flor de pétalas

– a todos reverencio com o meu suspiro, com o meu silêncio...

eis que sou Bennu, sim... Bennu... murmúrios de espanto

– retorno, não por acaso, mas por toda a humanidade inteira
que palmilha caminhos não confiáveis
alheiada, atônita, singra rumos e rumores incertos
e cada vez mais, pouco a pouco, se desvanece
definhando-se no tempo...

retorno em forma de luz/sombra/luz
ressurgindo – contemplado em chamas – das águas
por assim estar escrito

... fogueira alumiante na imensidão da noite imensa...

o Nilo, o Congo, o Níger, o Kagera...
sabem de mim, sempre, por todos os sinais
o Ganges, o Yang-Tsé, o Eufrates, o Jordão...
humanizam-me e veneram-me além... e mais além
o Sena, o Volga, o Danúbio, o Tejo...
anseiam-me e guardam-me em seus remansos
o Murray, o Darling, o Waikato, o Daru...
celebram-me e afagam-me em suas enseadas
o Amazonas, o Mississipi, o Orinoco, o Jaguaribe...
alegram-me e serenizam-me e mais... e mais

– todas as águas eternizam-me em suas memórias!
Um eterno fio de águas eternas, cósmicas

rios, lagos, mares, oceanos, habitam-me

Pacífico
Índico
Atlântico

das profundezas à flor da espuma, ressurge
a minha essência de substância em luz...

nos cinco blocos de argila que dividem o generoso líquido
estarei convergindo sonhos indescritíveis
aos sentidos humanos
do *homo-sapiens* ao *homo-cosmos*, congruência de tempos
e jamais irão além da palavra,
do mistério da palavra poética, acesa...

oh, inocente África, sobre ti sublimarei meu canto
oh, instigante Ásia, minha luz te envolverá em luzes
oh, redimida Europa, meu olhar te apontará caminhos
oh, afável Oceania, meu aroma revolverá teus dias
oh, jovem América, meu silêncio te consagrará ao templo

eu, Bennu... retorno além do tempo, no tempo
e o glorioso dia consagrado ao tempo
terá seu próprio tempo...

retornando, inevitavelmente, estou há séculos... há séculos

não tomo, de súbito, um cérebro inteiro, pleno

concentro-me apenas
em vibrantes e inquietos neurônios férteis
porque o Homem sabe da sua essência renascedora
e dessa essência é que virá a sublime
reumanização de si mesmo
de toda a humanidade, sob o olhar contemplativo
de seus sábios mestres...

Homero, Dante, Camões, Shakespeare, Baudelaire...
Sócrates, Confúcio, Voltaire, Kant, Karl Marx...
Cervantes, Balzac, Goethe, Tolstoi, Marcel Proust...
Da Vinci, Michelangelo, Caravaggio, Van Gogh, Picasso...
Mozart, Beethoven, Bach, Haendel, Stravinsky...
Pitágoras, Newton, Galileu, Alan Turing, Einstein...
Pascal, Gutenberg, Santos Dumont, T. Edison, Tesla...
Hipocrates, E. Jenner, Fleming, Marie Curie, A. Sabin...
Lao-Tsé, Francisco de Assis, Gandhi, M. Teresa, C. Xavier...

Abraão, Buda, Krishna, Maomé, Jesus Cristo

... nesses sábios mestres e outros mais
reside a revitalização do humano!

Chegado o dia da alumiosa e sonhada fogueira
(na imensidão da noite imensa...)
todos saberão
e no fecundante e imenso rio levitarei correnteza acima
feito flama líquida
no alto, médio e baixo Nilo

para, alumiante, no profundo e raro esplendor do delta
ao pôr do sol
(em outros deltas... muitos deltas)
ressurgir em chamas
das minhas aquáticas sagradas cinzas...

então, na primeira aurora, comtemplarei
transfigurado em luz e enigmas cósmicos
toda a humanidade, quando todos estarão renascendo...

por fim, renascido para um outro tempo
em sublimes dimensões
invariavelmente infindas
o Homem, reumanizado
reviverá a sagrada ventura humana emergindo da luz...

– em verdade, em verdade, vos digo! Em verdade,
em verdade, assim seja

Eu e Minha Aldeia

a Jorge Tufic

Voltei a minha aldeia...

a bem dizer
minha aldeia ordenou: retorne

– coisas de aldeia

... e nos primeiros instantes
nos primeiros pingos de horas
percebi no olhar
dos meus amigos de sempre
o motivo de tantas náuseas

ah, só então atinei...
o meu universo, há tempo
girava em sentido anticósmico

Meu Infinito

Hoje, em mim
o passado, o futuro e o presente
decidiram se encontrar, ao cair da noite
secretamente
hoje, a vida, em mim
por alguns instantes pediu refugio ao infinito

Além do Silêncio

O meu silêncio... ah, o meu silêncio
além do além não imaginado
flutuando entre a dor, a alegria
e réstias de lampejos abismantes

em um segundo destruo, recrio
e me esqueço do mundo... do mundo

o meu silêncio... ah, o meu silêncio
em um lampejo, finjo, penso, repenso
e mais nada sei de mim... de mim
do espectro abismado de mim mesmo

Tempo de Espera

a Lenilde Freitas

Vai, amigo vento, vai
... diz, sussurrando
para aquela mecha de luz
que reflete ao longe
com seu sorriso de estrela
e seus cabelos de sol
que ainda restam
muitas sombras muitas
em torno do sonho
que a tornará eterna

Vai, amigo vento, vai...

Percepção Plena

Quando compreenderes o cantar do galo, o cricrilar dos grilos e a eternidade longínqua das aldeias

estarás pronto

para murmurar ao vento os segredos mais sutis do universo

Tatuagem

Na memória líquida do universo, estão tatuadas
todas as ações e reações
(os gestos mínimos)
do tudo e do nada... desenhadas
por um dedo de luz em uma conspirante réstia de sombra

Encantamento da Luz

a André Seffrin

Vai, amigo vento, vai
e diz para aquela chama
que distante, bem distante
resiste palidamente acesa:
... a brisa que a incendiará
ainda sopra no outro extremo

no entanto, vem embalada
seguindo seus caminhos de longe
ruminando sombras
de um passado remoto, remoto

... diga além, amigo vento
que no instante certo
sua branda luz será transmutada
nos vórtices do tempo
em uma intensa claridade
rara, serena, infinda e alumiante

Vai, amigo vento, vai...

Caminhos de Longe

Entre o azul do céu e o creme-areia do deserto
minhas caravanas de sonhos, mistérios e lendas
cavalgam
                    cavalgam
                                        cavalgam
            (a pensar Omar Khayyamn)
rumo às cinzas do sol-posto

seguem na busca, eterna busca...

de um Oriente fecundo, fascinante... sereno
à espera
de um Ocidente mais sensato, introspectivo... alumioso

Insônia de uma Noite Moderna

Todas as portas fechadas

... espanto!

Apenas o céu aberto e o campo livre

... liberdade?!

A parafernália da pós-modernidade

excomungou meus neurônios

Mundo
a civilização é senhora dos sentidos
desenha, convenciona e conspira destinos

caminhos

rotas

futuros

Homem
... convertido apreciador dos instintos modernizados
esqueceu os pássaros dos campos e os lírios do céu
deletou da memória a última flor de primavera
seus olhos murcham como folhas no outono

feito o sorriso da mulher que um dia
adormeceu feliz por um instante...
e em silêncio o amou na noite fria
meigo sorriso que se fez minguante

Homem
... convencido apreciador dos instintos indiferentes
esqueceu de si mesmo... do enluarado sopro de aldeia
da antiga brisa que sutil sussurra auroras futuras
do próprio tempo
em que auroras bailavam sob sussurros meigos

Qual o norte, enfim?

A luminária mais reluzente que embaça minhas retinas...
o som mais agudo que contrai meus tímpanos...
o odor mais puro, de shopping center, que inertiza
meu olfato...
o enlatado mais instigante pelo qual meu paladar
se anula...
o rosto mais indefinido, ossudo
que aliena meu tato...

enfim, qual o norte, ó misericordioso cosmos?

Meu semblante
cada vez mais recheia-se de expectativas e incertezas
que afligem

meus lampejos
minhas confluências
meus alumbramentos
minhas percepções

o norte, ó misericordioso cosmos...

amor/poesia/amor

onde resignam-se minhas convicções, nossas, sempre...

Breviário de uma Noite Única

a Talden Farias

Uma coivara de nuvens incendeia o horizonte
as cinzas do dia descerão rio abaixo
na certeza de que será apenas uma noite
uma noite única...

a navegar estrelas

na certeza de que antes de a última estrela murchar
voltará refeito das cinzas
no gorjeio alumiante de um sabiá antigo

Por Trás da Cortina

O último suspiro a caminho, valseando
o instante definitivo...
quando tormentas e calmarias
fundem-se, findam-se
sussurram
quando soam as trombetas proféticas
quando a mão do eterno estende-se
enfim

as pupilas caindo súbito no abissal
azul-ciiiiiiinza

... no momento exato do instante infindo
dos cósmicos campos da poesia
surge a palavra, a derradeira

que ofegante suspirava ainda, ainda...

e o verbo se fez

v

i

d

a

.

.

.

um espectro de poema, sorridente
     – palavra transfigurada –
estanca o abismo...

a luz, valseando, nesse instante
volta a mover-se sobre a face inerte das pupilas

Análise de um Fim

a Gylmar Chaves

E assim será...
ao fim dos dias, talvez, persistam
apenas meus versos
... de mim...
e sobre suas miragens
haverão de pairar sombras e luzes

– e o verbo há de ser germinante?

Sabe-se lá
suponho... somente o tempo
                                        remoendo
o teu silêncio de mármore
saiba, talvez
dos desígnios do verbo... enfim

mas o verbo
(em forma de ideias e de imagens)
não tenho dúvidas
sob chuva, sol e sonhos
haverá de fustigar as sombras

– o verbo há de ser germinante, sim!

Marca de Giz

Numa taça de vinho

guardo a noite, ciente
que nos lábios da aurora
sempre vem um poente

segue a vida o momento

sem pensar na partida
gira a vida... esse tempo
gira o tempo... essa vida

sempre vem uma hora

feito marca de giz
que se apaga num sopro
pois o tempo assim quis

mas a vida só canta

a canção já sentida
da existência que passa
feito canto, fingida

Apocalipse Não

Hoje o sol não deu as caras
fez-se o dia cinza escuro...
eu ao som de línguas raras

clamei, sim, por meu futuro
– que rumava pro passado –
vi meu fim longe, imaturo

feito imagem, conspirado
convencida, minha mente
de que o sol tinha apagado

uma pane inconsequente
bem na hora do sol-posto
toda luz se fez ausente...

– nosso fim, enfim, imposto?
Mas de um sopro germinante
surge o sol rente ao meu rosto

Visões de um Poema

a Dércio Braúna

Quanta poesia, quanta
cada palavra carrega
e num reflexo se encanta

mirando imagens, sossega
descansando num suspiro
de vida... nunca se nega

manuscrita num papiro
ou digitada na tela...
desejo exposto que miro

pelas frestas da janela
por entre olhares semânticos
... a ternura mais singela

sons do Cântico dos Cânticos
a voz divina... miragem
sopros de poemas quânticos

imagens... além da imagem

Cantiga do Instante Sóbrio

Minha vida é feito a lua
decifrada em seus quadrantes
luas cheias e minguantes...

minha vida é feito a rua

inundada de passantes
e de olhares convergentes
de sussurros confidentes...

minha vida é feito instantes

infinitos e silentes
que guardam em mim segredos:
a ternura dos meus dedos...

meu tenso ranger de dentes

Manhã em Flor

a Ana Miranda

Na ancestral poeira infinda
a vida traz seus sentidos
esvoaçantes, floridos
flor memória, flor ainda

pelo cosmos concebidos
no tempo-ventre, sagrados
num céu em flor fecundados
na luz dos astros, contidos

gametas em sois gerados
no viço da flor mais linda
ternura que nunca finda
nos universos sonhados

flor memória, flor ainda
infinitos devaneios
que a manhã guarda nos seios
sentidos da vida infinda

Além do Além

E se tudo é mistério... além segredo
e bem pouco sabemos dos acasos
flutuando entre a luz, a sombra, o medo

habitantes do tempo, dos espaços
e pensarmos de forma persistente
qualquer hora fundirmos pontos, traços...

desvendando o segredo incongruente
no controle do senso e mais ainda
num cálculo cingir o inconsequente

se sonharmos burlar a força infinda
é preciso saber que o fim começa
muito além do sinal que o além se finda

Extremo Limite

Por longo tempo pus a paz à mesa...

– de repente chegaram rudes homens
seus gestos encheram-me de tristeza

dias a fio pus nos campos flores...

– na fria noite vieram fúteis homens
seus vazios encheram-me de horrores

em meu silêncio lapidei momentos...

– mas vozes vãs chamaram torpes homens
seus risos encheram-me de tormentos

★★★

por longo tempo pus à mesa o Sim...

– no entanto, sempre vinham ocos homens
seus vícios encheram-me! Pus um fim

To Be or Not To Be

Por vezes, penso alto: – eu não sou nada!
E quem pensa, talvez, que é coisa alguma?
Ser ou não Ser! Por Hamlet conspirada...

quem sabe, enfim, não ser coisa nenhuma?
– Sei que a vida é luar de lua cheia...
no entanto, mais fugaz quanto eu supunha

vem e vai num piscar de volta e meia
... mal se sente a beleza presumida
o encanto poético que vagueia

num mistério sublime, concebida
indizível instante, triste engano
entre os dedos, veloz, faz-se fingida

rarefeita como um sopro minuano
quando penso, na vida, não ser nada...
momento em que me sinto mais humano

Um Dia Seminu

E este corpo espichado, seminu
inerte, só, morno... a olhar pro teto?
– Sou eu, a aguardar o tempo incerto

de renascer, talvez, feito Bennu...

sei do mundo! Se gosto... se detesto?
– De qualquer forma o homem vive à toa
e sempre assim, questiono: a vida é boa?

Pensar... pensei! – Não ser tão objeto

seminu... meu olhar me sobrevoa
com que, enfim, este momento afago?
Dizer uns versos, sim... tomar um trago

eu?... À Tabacaria de Pessoa

Cantiga de Encantamento

Estou de volta! Assim estou remido...
como a chuva serena volta à terra
e o verde volta ao solo revivido

como o homem feliz volta da guerra
na certeza que há paz no olhar sentido
por saber que um gesto atroz se encerra

... um mundo mais sensato, concebido!

Estou de volta! Assim estou remido...
como volta a beleza na canção
nos lábios de um futuro pressentido

uma volta alumbrada na feição
como a vida sublime volta ao peito
e o amor volta ardente ao coração

estou de volta! Assim, no amor refeito...

Dos Mistérios da Vida

a Sâzio de Azevedo

Tudo passa na vida, tudo passa
angústias e prazeres... convergidos
passa a luz reluzente e a fumaça

restando apenas cinza nos sentidos
que um dia entre ventos ruminantes
esvai-se como sonhos demolidos

para além das lembranças redundantes
mais além dos neurônios renitentes
das extremas memórias confinantes

nem passados, futuros, nem presentes
distinguem-se na hora mais escassa
e, por fim, muitos fins inconsequentes

ante o caos... ver que o tempo não disfarça
os mistérios da vida... gesto findo
tudo passa na vida, tudo passa

– e a nada tudo vai se resumindo!

Um Momento de Van Gogh

Vibrava em meu pincel uma loucura
uma miragem – um rabisco torto

feito a sombra de algum assombro morto
revelada nas cores... na pintura

e meu pincel deslizava absorto
o traço conduzindo a mão futura

o olhar vago... uma estranha criatura
a espreitar-me no tempo; o tempo exposto

de amarelo e lilás... tinha a brancura
da luz que cintilava no meu rosto

a imagem que eu sonhava ser meu porto
era o meu fim... em cores na moldura

Congruência Quântica

O infinito alinhado ao pensamento
sutileza entre o ódio e a ternura
na distância sem fim do firmamento

sei que a luz redesenha a sombra escura
refinada matéria... antimatéria
... um fascínio que o tempo configura

feito um fio reluzente, uma artéria
que assimila astrofísicos modernos
e astrofísicos de ontem... da Suméria

na confluência de enigmas eternos

Sombra Humana

Nas solidões do caminho
a vida fareja instantes
em teus sentidos mutantes
habita um tempo mesquinho
vindo de mundos errantes
dos corações mais carentes
dos passados sem presentes
dos amores mais minguantes
no choro-sangue de espada
a fúria foi demarcada...
– rodapés de pergaminhos!
Visando um futuro insano
que míngua o senso humano
na maldição dos espinhos

Poema de Amigo

Nos eventuais caminhos
que palmilho vez em quando
vou livremente passando
por entre flores e espinhos
flores sempre... floreando
feito beleza e delírios
avencas, dálias e lírios
ilusões-sonhos, pensando
muitos passaram, passei
amizades conquistei
inimizades? Não creio...
Se a alguém já causei dano
irmão, lembre... sou humano:
fraco, belo, forte e feio

Insensato Poder

Galgando seixos... granitos
por silêncios tortuosos
rompendo tempos rochosos
na escuridão dos atritos
as plantas dos pés chorosos
minando o sal dos conflitos
sonhos poucos e restritos
minguados nos frágeis ossos
na carne poucos amores
na mente a mão dos senhores
tatuada... feito um emblema
os donos de um poder tosco
a vida um instante fosco
... um farsante teorema

A Vida pela Vida

a Ivan Junqueira, in memoriam

Sei do pó do qual vim e voltarei
a luz cósmica ao pó restituída
do sopro elementar que se fez vida
divino *gen* do qual eu me gerei
nas entranhas do útero pressentida
num zigoto latente sublimada
para um dia ser graça deslumbrada
e pelo tempo algoz ser consumida
para o cosmo me volto e me repenso
e pensando em mistério tão imenso
do qual nada conheço... só atino
glorifico o universo que enfim
feito vida pulsou dentro de mim
céu azul... sol-manhã feito menino

Da Arte de Ser Nada

Não mais quero rever nem ser mais visto
muito menos solver qualquer problema
quero a certeza, sim, da noite extrema
na figura que sou... da qual desisto
ter meu sangue afluindo num xilema
a pulsar no mais rude dos arbustos
desprovido de sombra, flor e frutos
nada ser nesta vida é o meu lema
feito arbusto morrer desde a raiz
o último da espécie a que me fiz
extinto deste mundo atroz, insano
sinal nenhum sequer desta existência
qualquer coisa que sirva de evidência
do arbusto que um dia foi humano

Lonjuras de Areias

a Cláudio Giordano

E nas remotas veredas de areias
nos sem fim de um azul e mais além
caravanas de sonhos vão e vêm
galgando sóis a pino e luas cheias
Jericó, Bagdá, Jerusalém
rotas-luz nas quais pulsam minhas veias
por entre azulis mistérios de aldeias
este azul me seduz e me contém
e neste intenso azul que me fascina
reflete um horizonte que rumina
densa luz, reluzente em cada casco
de camelo... meiguice indiferente
às lonjuras do tempo inconsequente
nos rumos de Teerã, Sidon, Damasco

Lucidez

a Virgílio Maia

Meus pés não suportavam mais meu peso
opaco, meu olhar só a ver vultos
o meu corpo a tremer de tantos sustos
jamais me vi assim tão indefeso
cheguei ao ponto de acolher insultos
em meio a esta selva de concreto
um vulto estranho a repelir meu gesto
vibrante aroma de sinais ocultos
meus sentidos perderam o sentido
razão e fé num mundo assim, fingido
um quadro louco; – natureza morta?!
E os dias correm nesse tempo, assim
vejo esta cena a todo instante em mim...
um asco a estrangular a minha aorta

O Silêncio e Zaratustra

O mundo, Zaratustra, finge a vida
da forma que falastes enobrece
o homem... pensa a morte e emudece
na vã debilidade concebida
o homem, Zaratustra, compadece
de grandeza, virtude... o mais, sem fins
... e marcha sob toques de clarins
ao ritmo de um sonho mequetrefe?!
O mundo o qual pensaste, presumira
a vida... (que confundo em minha lira)
enquanto a existência nos degusta
se pensaste: a vida é um pretexto
e o homem se moldura a tal contexto...
verdade?! O mais silêncio... Zaratustra

O Meu Quintal

Em meu quintal (ainda há quintais)
respira-se liberdade... *in natura*
de flores e de espinhos... mão futura
sob livres gorjeios matinais
e neste pingo de mundo há ternura
um tempo dedicado aos vagalumes
embora saiba: vidas em cardumes
buscam cegas os braços da loucura
o que fazer? O mundo é mesmo louco
homens esganam rosas de sufoco
latem, rosnam: – Te adoro, Galateia!
O mundo inteiro hoje diz-se exposto...
meu quintal dá bananas... vira o rosto
pra vileza do mundo em tosca ideia

Flor do Viço

Paixão... rio caudaloso! Amor... serenidade de rio!

À flor da espuma, o aroma desejoso de leito
cavalgante remanso... vislumbrante enseada

na pele da água, nas curvas da água, no ventre da água
acarinhação, arrepios... aquietamento

sussurros de líquido escorrente
serena encantação sempre, sempre... sempre
ao longo do curso, ao longo do dorso

e, quando em vez, uma cachoeira
para oxigenar o viço da água, no êxtase, à flor da espuma

Meteórico Encanto

Você passou em minha vida
                                                    você
feito um risco meteórico...
e alumbrado, deixou-me infinito

mantive em segredo o encanto
tatuado nas pupilas...
      certo de que voltarias
                                                    você
      como um dilúvio, em luz
para alumbrar-me, muito além...
alumiante eterno
no infindo tempo em você, em mim

ser meteoro, ser mistério cintilante
desde os meus mais remotos confins
aos confins mais remotos do seu universo
em um rastro de céu... sorrindo entre

você/eu/você

enigma sempre, sempre...
numa confluência meteórica
                                            eterna, eterna
de pupilas cosmicamente, enfim

Poemeto Inocente

Demais amor
atemporal
um vendaval
de luz e cor
aroma em flor
raro floral
cheiro carnal
prazer-furor
gozo e desejo
em sonho vejo
você enfim
corpo excitado
entressonhado
teu viço em mim

Sutil Segredo

Ainda triste e cansado
a ver miragens... visões
o meu poder atiçado
vence medos e dragões
correm léguas dos sem fim...
lagartos e escorpiões
pois sabem que habita em mim
o silêncio dos vulcões
a força dos terremotos
os tempos mais ignotos
estremecem no meu grito
esses monstros guardam medo
do meu mais sutil segredo
que dorme em meu infinito

Vidraça Antiga

Na vidraça a chuva escorre
essa chuva me transcende
vejo-me como um duende
que num fim de tarde morre
teu calor já não me aclara
gesto há tempo esmaecido
olhar que antes aquecido
floria uma chama rara
a vidraça assombra um fim
e também projeta em mim
algo estranho... um frio me abraça!
O não que se deu pra vida?
A paixão já não vivida
que me exsurge na vidraça

Um Momento de Quíron

Corri tensas doze horas
suspirando uma paixão
sonhava o troféu na mão
feito um sol pensando auroras
uma disputa em que não
questionei minha sina...
no pulsar vinha Katryna
me agitando o coração
nessa disputa herculana
os olhos dessa gitana
mitificava o meu eu
... meu fim: pinel e demente!
Katryna chegou na frente
nos braços de um Prometeu

Fúria

Em meus olhos dormem cores
tatuadas em visões
das mais antigas paixões
dos mais sublimes amores
dorme a fúria dos vulcões
larvas de amores contidos
nas entranhas dos sentidos
meus ancestrais corações
que hoje sonham guardados
na memória desenhados
pelo tempo concebidos
feito cores de aquarela
que nos olhos se revela
em meus sonhos coloridos

Mirante

De teus olhos fiz mirante
e me fiz de peregrino
voltei a ser um menino
um instante em outro instante
em meu sonho itinerante
teus braços... o meu destino
tua voz eu fiz de hino
mas você sempre distante
o tempo não fez segredo
meu sonho não teve medo
de projetar-se em meu rosto
hoje eu penso e fico mudo
você pra mim já foi tudo...
um sol nascente, um sol posto

O Amor e sua Hora

Um rebuliço no peito
um susto na coronária...
o infarto não suspeito?

A angústia necessária?
A lembrar que a existência
é bela e breve... precária

... existir é confluência
de sonho e tempo medido
talvez no peito a ausência

de encantos... vida e sentido
na coronária o amor
flagra o coração despido

Céu em Chamas

Meigo carinho serpenteia curvas
desce com a mão revolvendo a pele
quando as pupilas já deliram turvas

todo o desejo de um olhar se expele
sob suspiros, uma voz suspira
pede ao momento que o céu revele

o prazer louco que invade e pira
um aceso corpo que aguarda e pensa
no instante extremo de tão doce lira

afeita aos viços de uma língua intensa

Big Bang Múltiplo

E quando chega a noite e te revejo
(corpos nus, já febris e convergentes)

com furor e loucura te desejo
entre viços delirantes e ardentes...

– tempo assim viveremos num só tempo!

Um amor de volúpias... feito espasmo
vertigens e suspiros meigos, entre

eclosões nas entranhas, denso orgasmo
big bang de espermas em teu ventre...

– tempo, enfim, revivido num só tempo!

O Amor do Mundo

Como águas do céu feito neblina
ou fogo de monturo a crepitar
sempre assim é que o mundo sabe amar
eis o homem, o amor e sua sina
com raras exceções... algum vivente
– o amor na humanidade é uma mentira!
Augusto, neste verso definira
a verdade... um disfarce inconsequente
o amor, puro e divino, que Jesus
consagrou para sempre em sua cruz
nenhum homem sentiu... na paz, na dor!
Amar... pra humanidade, anjo nu
Beatriz, Shakespeare, Capitu...
o mundo roga ao homem seu amor

Estrela Fugidia

Por entre lírios cavalgando sempre
seguindo a estrela que pra mim sorria
o meu poema – louca poesia...
de crinas soltas entre cílios entre
o meu encanto a inundar o dia
e a bela estrela me acenando à frente
louco poema que se fez semente
à luz da estrela uma paixão nascia...
a luz intensa por meu rosto intenso
luzia todo um universo imenso
e o meu poema era só delírio
e quando tudo se fazia encanto
a bela estrela para o meu espanto
murchou a luz como se murcha um lírio

Poema do Amor Real

Amo teu olhar... vertigem azul
e teus suspiros ao fazer amor
amo além... teu cabelo e tua cor
teu corpo, enfim, vestido ou quando nu
amo teus rins, pulmões... cheiro e odor
e por certo, amo igual o teu feitiço
teus seios, tua voz, vagina e viço
tua fé, teus insultos, tua dor!
Amor, então, de verdade é assim...
ama-se tudo: o bom, o belo, o ruim
pensamentos, sentidos e hormônios
o que penso exalar neste poema
nada mais que o amor... a linha extrema
nos confins, sem limites, dos neurônios

O Amor e suas Cores

Davi, Marilyn Monroe, Safo e Dante
todos dizem do amor e sua sina...
essa luz que nos prende e nos fascina
da forma que se sente a cada instante
o amor configurado na retina
humano, aceso, carnal, esfuziante
na mulher e no homem... deslumbrante
e o puro amor que em Cristo é luz divina
mas por tudo e por todos, sim, o amor
sempre é luz colorida... multicor
suspiro que eleva a essência humana
tatua o coração, borda e serena
livra o homem da fúria que o condena
move a vida... essa luz sacroprofana

Amor de Lhama

Estou livre... espichado sobre a grama
à espera da mulher, minha metade
loucura e solidão... insanidade
pensam de mim, leão; sempre fui lhama!
É dócil minha essência, nunca invade
limites que demarcam meus instantes
se a mulher que eu espero passou antes
sobre a grama amarei minha verdade...
feito lhama, sublimo o instante em flor
– loucura e solidão, façam favor:
pras savanas conduzam seus leões!
Ficarei cá nos Andes... a voz muda
ruminando alguns versos de Neruda
à espera da mulher, com meus botões

Labão e Jacó: Outro Paradigma

Não sirvo pra ser genro de um Labão
por não ter a paciência de um Jacó
não sou pastor de uma Raquel só...
– latifúndio se fez meu coração!
Pastor? Podia eu ser no Seridó...
a rebanhos de cabras digo: – Não!
Amo Lias, Raquéis... sou Salomão
de charmosas mulheres sou xodó
quatorze anos pensando uma lolita
por mais atraente, gostosa e bonita
é tempo muito... um sonho frio e tenro!
Vá, Labão... teu rebanho e tua filha
pro deserto qualquer de alguma ilha
procurar um Jacó pra ser seu genro

Meu Deserto

Mergulhei fundo num vazio completo
plena certeza de encontrar a essência
que vi em ti, quando se fez ausência...
– em teu olhar findava o meu deserto!
Como um eremita em larga consciência
por esse tempo eu pervagava areias
e segredava imenso amor nas veias...
– eu feito Antão em santa transcendência!
Amor e fé... eu penso, apenas Jó
sentira igual, intenso e puro... só
que outro homem devotou-se assim?
Eu mergulhei neste vazio... loucura
que até hoje minha razão censura...
mais que deserto, tua essência em mim

Quando Amo

Quando amo, meu sonho pervagueia
num delírio, sem fim, pelo universo...
impossível pintar tudo num verso
quanto escrever no mar, grafando areia
quando eu amo, o avesso fica inverso
ouço estrelas... me perco no infinito
e feito a luz, sim, de um meteorito
chego ao meu alvo... um raio submerso
e agora nossos olhos frente a frente
trago à mão, um cometa de presente
um sorriso e meu amor como oferta...
beijo-te a face, os lábios... logo após
um Shakespeare declamo em alta voz...
eis, enfim, minha musa... seu poeta!

Missiva de um Filho Pródigo

a Joan Navarro

Vai, amigo vento, vai
e diz para aquela aldeia longínqua
antiga e minha sempre, sempre
onde degustei as primeiras gotas de estrelas
que ainda cavalgo distâncias alheias
distantes, distantes... distantes

diga além, amigo vento...
não demorarei a tocar minhas léguas de volta
pelas veredas que levam e trazem miragens

lá, sob suas pestanas de tempo
é que semearei a eternidade
que me habita
em forma de silêncio, consciência e mistérios

vai amigo vento, vai...

Horas Últimas

Vai, amigo vento, vai
e diz para as abelhas que a história
é falsa... farsante... sombria...

diz que as flores ainda resistem
intensamente, intensameeeeente
e como nunca, faz-se necessário
que a essência do pólen
fecunde, generosamente
as entranhas de um momento sórdido

– um mundo à beira da desesperança!

Vai, amigo vento, vai...

Um Certo Poema

a Soares Feitosa

O poema que não fiz...

aquele que clamei num verso
... o que sempre canto
por certo, nunca hei de fazer!

A poesia, com seus enigmas variáveis

passa e volta
volta e passa
passa e volta

eu, com minha angústia corrosiva

passo
apenas
passo

paaasso
paaaasso
paaasso

apenas...

– todas as probabilidades inefáveis
do poema
levarei comigo para além...
muito além
das supostas incógnitas inimagináveis da poesia

Muito Além do Poema

A palavra... não apenas a palavra!
A palavra e tudo mais
possível além da palavra

O verso... não apenas o verso!
O verso e tudo mais
definido e não definido no verso

O poema... não apenas o poema!
O poema e tudo mais
perceptível e não perceptível no poema

Poesia... então, mistério?
Não apenas mistério...
tudo e mais
que vai além, muito além do mistério

CONFLUÊNCIAS

Falemos o que sentimos, sintamos o que dizemos: que a palavra concorde com a vida.

SÊNECA. Trad. Francisco de Assis Pitombeira
in As Horas Latinas.

A paz, a luz, a harmonia e a esperança do mundo dependem diretamente do equilíbrio de forças da constante queda de braço travada entre o bem e o mal, no eterno ringue cósmico.

★★★★★

Quando já não mais acreditava nas voltas que o mundo dá, certa manhã – ao romper da aurora – acordou com o mundo todo à sua volta. Seu tão sonhado mundo!

Neste momento a desordem é que norteia a minha vida! A desordem é um tipo de ordem incomum; muitos naufragam em suas correntezas por não compreenderem a poesia das espumas.

*****

E não apenas sonhar! Mas, sim, perseguir os sonhos intensamente e buscar vivenciá-los em todas as suas dimensões e possibilidades.

Em verdade vos digo: a real beleza humana é a beleza da essência... dos sentimentos, dos atos, dos gestos. A beleza do corpo, a estética, é fundamental, no entanto, está há anos-luz da beleza que de fato faz do homem imagem e semelhança de Deus.

*****

Sou humano... e o máximo que puder fazer farei para ser o menos desumano possível.

Estou na beira do abismo com o pecado na boca... No entanto, a poesia que neste momento me seduz humanamente diviniza todos os meus abismos.

*****

Aqui estou em sintonia com o universo – em meu cubículo existencial – em forma de silêncio... Ah, o universo, esta noite, refugiou-se em mim, com todos os seus mistérios!

A felicidade é parceira dos mistérios que habitam os campos férteis dos neurônios mais sensíveis que, vez por outra, enviam missivas de rara beleza ao coração.

*****

– Vamos... mexa-se, faça algo! – Já não importa... não mais reluz aquele contrariado sentimento sublime e belo; o tempo corroeu até a raiz o sonho que – por uma eternidade – amordaçou a intransigente estupidez.

A discreta sutileza de um gesto ferino pode machucar tanto quanto ou até mais que a ferina estupidez de esganar.

*****

Palavras? Eram desnecessárias! Tuas fugas revelavam todo o falso desprezo por aquele sorriso que te causava taquicardias sísmicas incontroláveis.

Onde quer que vá ou esteja jamais pense em agradar a todos. Ao se manifestar, seja você mesmo – em toda sua essência – e prepare-se, com serenidade, para as palmas e as vaias que logo virão ao seu encontro. Com sabedoria analise-as uma por uma... Não se engane: existirão palmas venenosas e vaias cheias de ternura.

*****

Dificil é ser... Nada ser, todo mundo consegue sem grandes dificuldades.

E como Elias, poeta, profeta e santo, eu – em contrário sentido – rodopiando feito um redemunho, em uma engrenagem de neurônios ensandecidos, entorpecidos de tédio, meio a um vendaval disforme e indescritível, desci ao meu próprio inferno. Retornei mais humano!

*****

Se a extensão de um sonho que o habita é sem limites, infindos também serão os limites da probabilidade de se galgar este sonho que povoa a imaginação extrema.

A poesia torna a vida bela, ampla e completa. No mundo da poesia não existem impossibilidades!

*****

As lembranças da noite são resignadas por sombras que as fazem serena e feliz... No entanto, afugentada por antigos sóis ainda adormecidos na penumbra do seu ventre.

Existem batalhas em que apenas o silêncio e o tempo nos darão a vitória plena, definitiva.

★★★★★

Para mim não é difícil dizer um não. No entanto, para que se diga um não, faz-se necessário serem inquestionáveis os motivos que anulam todas as possibilidades de se dizer um sim.

Poetas do mundo inteiro, uni-vos! Um espectro ronda a liberdade das metáforas.

*****

O mundo, nos dias que correm, muito se assemelha a um avestruz gerando-se em um ovo de galinha e a humanidade, atônita, na esperança de que venha à luz uma ararazinha-azul.

A pior forma de desvio de caráter que um ser humano pode apresentar é, sem dúvidas, a soberba disfarçada de humildade.

*****

Em determinadas circunstâncias, dizer por dizer... não, não diga nada. O silêncio mostra-se, assim, muito mais ético, honesto, sensato e humano.

Tudo é luz/sombra/luz... E nessa alternância de belezas adversas, subjetivas, o infinito universo vai se propagando no imenso vácuo no qual se transfigura em mistérios refletidos tanto da mais expansiva galáxia quanto da menos reluzente pupila possível, onde nada vai além da verdadeira e sublime poesia essencial, divina e humanamente imprescindível.

★★★★★

E de repente senti um cheiro de domingo antigo. Um cheiro que, para mim, os domingos não guardam mais. Talvez tenha ficado no azul desbotado de um domingo longínquo de uma pendente tarde.

Respeite o meu ângulo de visão tanto quanto eu respeito a sua divisão de ângulo!

*****

Em verdade vos digo: a plena liberdade é inversamente proporcional à intolerância plena. Ser absolutamente livre é fazer uso irrestrito da liberdade... Livre, no entanto, consciente dos riscos e perigos que a intolerância põe a caminho.

Sei de mim o suficiente para afirmar que de mim mesmo quase nada sei e do meu próximo não sei absolutamente nada.

*****

Voltarei, sim – quando lua... – mais livre e sereno, com o segredo dos ventos que me alumbram e o eterno silêncio das aldeias.

Quando não se tem nenhum motivo para acreditar e, no entanto, motivo algum existe para não deixar de acreditar... Eis aí quando se faz necessário ser sábio o mínimo possível.

*****

O leite derramado – o qual não adianta choramingar – é a resposta certa, exata e justa dada pelo tempo àqueles que desprezaram a prudência como instrumento de pesos e medidas no momento de calcular a dose adequada para o equilíbrio da densidade entre os fatores racionais e emotivos.

E a poesia? O poema? – Ah, do poema, amigo, pouco sei dos seus mistérios; da poesia menos ainda... Verdadeiramente nada, desse milagre.

*****

Ao sentires a sensação de que estás no inferno, calma! Não se apavore. Busque, em torno de si mesmo, a sua Beatriz. Com certeza a encontrará... De repente estará bem ao seu alcance, perto, muito perto... a um piscar de olhos do seu imaginado paraíso.

E quando a noite mostrou-se ser sombria – bem sombria – eu fiz da escuridão meu sol nascente.

*****

Loucura? Assusta, sim, os insensatos! Nada mais senão a loucura, o avesso do avesso da estupidez plena.

Assusta-me este desconfigurado silêncio, jogado à margem do possível futuro que hei de tatuar – com atitudes e gestos – nas silhuetas dos meus sonhados amanhãs.

*****

Antes a sombra do malassombrado que o sol a pino dos momentos fúteis.

E eis que quando se pensa intocável, invencível, além do imaginável, em sabedoria, poder e beleza, vem um sopro frágil de tempo e com um leve toque de dedo – o torto dedo do tempo – vai tudo pro espaço e desce diluindo-se infinito abaixo.

*****

O Homem que demonstra ser pequeno em suas atitudes e gestos jamais será grande, por mais elevado que seja o cargo que ocupe.

Nada mais sábio que o silêncio! Nada mais insensato que o silêncio! As circustâncias definem os limites entre sabedoria e insensatez.

*****

Sem o mínimo teor de mistério, nada terá as verdadeiras vibrações magnéticas, químicas e físicas de atração e fascínio que encantam e alumbram os sentidos, em suas inevitáveis alternâncias cósmicas de amor e beleza.

Precipitar-se?! Ainda que não exista qualquer abismo à frente, não demorará a configurar-se uma imensa sombra angustiante. O abismo de natureza e forma mais indesejado, o abismo mental, gerado, inevitavelmente, de sensações e pensamentos equivocados, de atitudes precipitadas, abismantes.

*****

... o poema chega pronto, em seu tempo certo, com sua beleza, sua performance, seus encantos. Cabe ao poeta apenas recepcioná-lo. Quanto mais discreta a recepção, mais expressivo e irradiante o poema. Não busque, não provoque, não instigue o poema, deixe-o perambular pelas veredas e enigmas das palavras, no rastro da poesia, em silêncio... deixe-o fazer-se imagem. Poema não aceita notificações, intimações e jamais condução coercitiva.

A pior cegueira de um homem é a que o leva a enxergar-se humanamente superior ao seu semelhante.

*****

A única certeza que tenho na vida é a morte. Fora isso, suponho que o amor, a humildade e a arte proporcionem uma condição na qual a essência divina manifesta-se na vida com serenidade e beleza bem mais intensas.

E quando chegar a hora inexorável do tempo a questionar meus instantes? Com fineza direi: oh, iniludível figura, seja justa... Pensei e contemplei a vida com todo o amor que de mim fora possível e mais ainda...

*****

De tanto, sem êxito, buscar entenderem-se pacificamente, a situação e as justificativas saturaram de tal forma que transformaram-se em um antídoto que imunizou todas as possibilidades viáveis de pacificamente entenderem-se.

Se um sonho é realmente verdadeiro, jamais terá um fim definitivo. Permanecem sempre fragmentos de sua essência e deles poderão florescer outros sonhos até mais belos e consistentes do que aquele que se pensava definitivamente extinto.

*****

Cultivo o otimismo, de tal forma que chego a acreditar serem os buracos negros os pontos mais luminosos do universo.

Busco alcançar a consciência poética... O poema é o meu divã.

*****

Poesia não é apenas o febril manuseio de signos linguísticos. Para contemplá-la tem que ir além, muito além dos sentidos e, não sei como, convencê-la de que ela – a poesia – será transmutada, sem risco nenhum de mácula, para o mundo misterioso das palavras... Um secreto mundo que paira sobre todas as formas convencionais das possíveis linguagens.

Quando quero acarinhar o infinito, uso a poesia.

*****

Trago entre os dentes campos de estrelas, céus de lírios e abismos assombrosos. Tudo tão normal... Todos esses momentos finitos, inexoravelmente, navegam rumo ao inevitável ranger de dentes, derradeiro. Tudo tão normal e belo e mais ainda... A depender do amor e suas variações quânticas.

Com o tempo pode-se perder totalmente a visão e chegar-se à mais completa cegueira; no entanto, existem determinadas cegueiras que apenas o tempo é capaz de curá-las e devolver a mais completa visão.

*****

A grande verdade não é apenas a ausência da mentira. É muito mais: atos, gestos... límpida transparência!

... lembrem-se, anotem: abaixo de Deus e acima da terra, a poesia é a última instância possível, capaz de dignificar um Homem.

★★★★★

Se o momento exige que eu grite, este grito será o meu mais profundo silêncio. A única forma, talvez, de o universo saber que esse instante floresceu e eu não fui negligente.

LAMPEJOS

A palavra poética jamais é completamente deste mundo: sempre nos leva mais além, a outras terras, a outros céus, a outras verdades. A poesia parece escapar à lei da gravidade da história porque sua palavra nunca é inteiramente histórica.

OCTAVIO PAZ, *O Arco & a Lira*
Trad. Olga Savary.

Homem

em nenhum outro tempo, penso, o Homem necessitou tanto rever seus conceitos, seus princípios. Mergulhar fundo em sua essência... condicionar uma revitalização da ética e da moral, sem esquecer de lapidar o senso de justiça, no intuito exclusivo de alcançar o mais alto grau de dignidade, pertinente à natureza humana. O Homem estagnado, perplexo, confuso, diante dos próprios olhos, indiferente a si mesmo. Essa desumanização furiosa, que segue devastando os gestos e as feições do mundo, é proveniente – e com sagaz intensidade – da desconforme inversão de valores que vem se impondo e aperfeiçoando-se ao longo do tempo mais acentuadamente a partir do alvorecer do tenebroso e turbulento século XX... o século de sangue. O materialismo exacerbado que instiga a predominância do ter sobre o ser, força a desconfiguração do indivíduo de caráter cósmico--humano-divino, direcionando-o rumo ao frio-técnico--superficial perfil de tendências antinaturais, à imagem e semelhança da máquina, invenção do Homem. É chegado o momento de parar, pensar e nos redimirmos sob a óptica davinciana, a imprescindível confluência: arte/ciência/arte, buscando em nossa fragmentada personalidade o pouco que ainda resta da substância originária essencial, transfigurada no caráter e na medula dos primevos tempos. Será este, penso, o passo inicial rumo ao redescobrimento do Homem.

Consciência

à medida que o Homem busca a inevitável e necessária conquista do espaço cósmico, navegando muito além da órbita do nosso ainda desconhecido, em vários aspectos, planeta Terra, cada vez mais cresce a intrigante e sugestiva dúvida em torno da nossa singular existência e condição (cosmicamente única?) de animais inteligentes. Usamos, em nosso dia a dia, de forma convincente o que é definido como inteligência? Amplia-se esse abismo... A sensibilidade caminha também, naturalmente, em direção contrária, motivando uma peregrinação sem fronteiras às profundezas dos sentidos. A controvérsia a cada instante torna-se mais perceptível aos olhos dos que ainda amam; alguns, bem poucos, que no mundo atual – descartável, factício, vazio – ainda guardam filigranas silenciosas da essência vital, formadora da nossa distinta natureza de indivíduo humano. O abismo é cósmico, psíquico, social... imaginário! Encontra-se, assim, a humanidade absolutamente sem norte? Não... Não! Nos resta a poesia. O Homem, talvez, nunca sentiu tanto a ausência da poesia como nos dias que voam. A poesia como essência da imaginação criativa, projetada no poema, na pintura, na música... a emergir feito alerta, denúncia: um soco nas convenções ensimesmadas, nos conceitos dominantes, nos paradigmas incrustados e carcomidos, caducos. A poesia como advertência aos invertidos valores, às futilidades descartáveis do mundo a que estamos condicionados... Um modelo de vida no qual nos encontramos absurdamente confinados, absurdamente! A poesia...

Poesia

no universo existe um único poema... invariável, ilimitado, no qual está contida toda a substância poética possível. Essa estrutura poemática, absoluta, circunda por todas as dimensões cósmicas, vagando do centro às periferias, contorcendo-se por entre galáxias, constelações, nebulosas, sistemas solares, estrelas, viajando em caudas de cometas, iluminando em beleza as diversas formas de vida e expressão cosmológicas, habitantes do imensurável firmamento infindo... Chega até nós, Homens, em momentos sutis de reflexões, como um *insaite* imperceptível, fluindo do toque surpreendente de um neurônio em outro neurônio. Por vezes é cooptada, a poesia, através dos nossos sentidos, tornando-se visível, densa e emotiva. Essa estrutura que a seduz denomina-se poema. No entanto, toda essa mirabolante transfiguração poética não vai além de uma rara concretização de um fragmento desse indecifrável poema único universal que de forma indefinível transmuta-se em texto poético legível – em inúmeros graus de densidade e beleza – e passa, a partir desse momento, a integrar a natureza e conhecimento humanos, proveniente da misteriosa dimensão cósmica, sagrada, enigmática, sublime...

Poema

é imprescindível para a grandeza do espírito que se cantem as paixões. Nada mais sublime que a poesia para transcender a química variável do amor. O poema resigna os abismos dos sentidos ao sacramentar o elo entre o mistério e a revelação do momento inusitado: a extrema beleza poética desvendada.

Poeta

afirma-se, inquestionavelmente: poeta, aquele que ao longo do poema, consagra encantamentos exalados na densidade, na dimensão e na beleza de imagens poéticas por ele, poeta, alumbradas a partir do enfeitiçamento da palavra. Processo em que sintagmas dissolvem-se, perdem a conotação meramente literal, transfigurando-se em algo abstrato, indefinível para o convencionalismo dos nossos sentidos. É este sopro abstrato, inusitado, fascinante o que podemos denominar de imagem poética... "a última das histórias possíveis", no cingir de Lezama Lima*... A possível história, proveniente da singular palavra metamorfoseada em beleza e mistério, por engenho e arte do poeta.

* *In* José Lezama Lima, *A Dignidade da Poesia* (ensaio).

Crítico

o poeta avança, verso a verso, na estrutura estética do poema e vai deixando, ao longo desse fazer/pensar, sutilezas poéticas que lhes fogem à própria percepção. Dessa forma, poema a poema, é que se constrói uma obra, assim como se esculpe um monumento. A poesia vagueia muito além da imaginação de quem a possui, materializando-se quando atingida pelo pensamento, se este galgar uma dimensão aparentemente inatingível. É nesse instante que todo tempo/espaço é preenchido por um contraste de sombras e luzes... O poema revela-se por inteiro. Cabe ao crítico desvendar a coluna dorsal, sustentáculo da obra – a medula do poema – assim como as filigranas que ficaram às vezes cintilantes às vezes opacas ao correr dessa linha condutora enveredada pelo poeta, envolta a essa enigmática argamassa indefinida de luz/sombra/luz.

Livro

ao pronunciar palestra na Universidade de Belgrano, em seu país de origem, Jorge Luis Borges* afirmou: "dos diversos instrumentos utilizados pelo homem, o mais espetacular é sem dúvida o livro. Os demais são extensões do seu corpo. O microscópio, o telescópio são extensões de sua visão; o telefone é a extensão de sua voz; em seguida, temos o arado e a espada, extensões de seu braço. O livro, porém, é outra coisa: o livro é uma extensão da memória e da imaginação". Impressionou-me, ainda mais, a leitura da instigante conferência do grande poeta argentino, quando mais adiante poetisa: "o livro é lido para eternizar a memória". O que, realmente, seria do mundo sem a existência do livro? Penso ser o livro a própria memória do mundo. Seus sentimentos, seus segredos, suas emoções, suas guerras, seus tratados, encontram-se em estado de livro. Faço estas frouxas divagações para dar início a uma breve molduração a esta noite que tem cheiro e sabor de páginas lidas e relidas; a importância e o significado do surgimento de mais um escrito que vem consagrar a memória do mundo... Um

* *In* Jorge Luiz Borges, *O Livro* (ensaio).

punhado de poemas impressos. Este um momento oportuno para se pensar e interrogar: mas que memória eternizará um livro de poesia? Logo de poesia! A exclamação não é menos surpreendente que a interrogação, nem tampouco motivo para causar espanto. A expressão final "logo de poesia" é, até certo limite, ponderável. Representa, muito bem, a imagem irreal que é passada para o mundo a respeito da poesia. A sociedade em que vivemos ignora o valor e a inegável importância que representa um texto poético. Não tem a consciência de que é através da poesia que se manifesta o sentimento do mundo e que se mede a profundidade e leveza do espírito humano. Pensa-se ser a poesia um mero vagar de nuvens, um deslumbre de ideias fluidas. Idêntico teor de pensamento também afronta a imagem dos poetas. Logo eles, os poetas, que mereceram destacadas lisonjas da parte de *Moria*, através das palavras de Erasmo, quando de sua passagem por Londres, a satirizar príncipes, religiosos, juristas, filósofos... "os poetas devem-me menos, embora sejam por natureza de minha gente. Formam uma raça independente... constantemente aplicada a seduzir o ouvido dos loucos... os poetas, que estão acima de tudo, a serviço do amor-próprio e da lisonja, são, em todo gênero humano, os que me reverenciam com mais sinceridade e constância", confessa a loucura. Não! A poesia não é apenas vagar de nuvens e ideias. Exatamente, por ter consciência dos perigos que representa a poesia, Platão excluiu os poetas de sua utópica República... Julgou-os desnecessários e nocivos – sim, os poetas – ao domínio da razão, por seus ideais inundados de emoções confusas e subversivas. Que memória eternizará um livro de poesia, enfim? Pergunta--se. Sim... a *Ilíada* de Homero eternizou Troia. O *Eu* de Augusto dos Anjos eternizou o Engenho Pau d'Arco. O punhado de poemas que surgem, em sequência de páginas, nesta reflexiva noite, guardará para sempre os sentimentos e a imaginação – revelados em seus versos – eternizados na memória do mundo, em estado de livro.

Beleza

a poesia em estado puro é o último estágio possível das possíveis linguagens afluídas da palavra escrita. Quando o verbo deixa de ser uma simples sequência lógica de signos e torna-se algo bem além de mera morfologia, transformando-se no elemento essencial da poesia: a imagem poética. Este, sim, o grande desafio do poeta... fundir e soldar palavras, induzindo-as a uma conotação abstrata e subjetiva, vislumbrando a beleza nelas adormecida, encantada, chegando às últimas consequências do belo ao reconstruir sintaxes que despertem a sensibilidade e a imaginação do leitor. "Tudo quanto é belo e nobre é o resultado da razão e do cálculo", poetizou Baudelaire*, em elevado momento de incursão entre luzes e cores. A beleza é, incondicionalmente, elemento indispensável a qualquer forma de expressão da arte, por dar consistência ao que já é exuberantemente belo e embelezar o que é inquestionavelmente considerado feio. É, pois, a palavra a substância essencial para o engenho construtivo do poeta – a imagem poética – na perseguição criativa, racional, nobre, incondicional, imaginosa e calculada do belo, milimetricamente seduzido.

* *In* Charles Baudelaire, *O Pintor da Vida Moderna* (ensaio).

Inspiração

a inspiração é um sentimento invariavelmente comum a todo verdadeiro poeta. É o estado psíquico no qual o poema repousa, dorme e aguarda o instante mágico para revelar-se e ganhar forma, ao surtar a palavra, na inevitável vertigem do verbo.

Angústia

uma tarde febril... Carnes trêmulas, sangue borbulhante, chovia. Estrelinhas e ondas negras pairavam sobre a minha inércia. Não, não era o inferno nem o purgatório de Alighieri! Era apenas uma tarde vaporosamente febril... Com sensações intensas, quase a certeza de que a minha aorta romperia e naufragaria no mar morto do meu coração.

Contradição

ainda que sejam poucos os que acreditam na força transformadora da poesia a humanidade ao longo de sua História revela exatamente o contrário. É, em última instância, a essência poética que chega para – transformando atos e gestos – distinguir e apontar o real sentido da vida, das coisas da vida.

Revivência

amor, paisagem, destino, sertão, sol nascente, sol poente... uma lua bem clara, cheia nos lábios. A poesia que me habita neste momento delineia-se nessa torrente de acontecimentos e paixões que me perseguem e resignam-me desde os primeiros instantes da minha consciência. É uma poesia emocionante e sem subterfúgios linguísticos. Áspera, às vezes, mas com doçura, feito o tecido sertanejo que em mim se aninha na medula. Um espinho de xiquexique, uma flor de mandacaru, um mugido de boi que permanece imutável em seus dias e noites ancestrais. Em minhas veias pulsa um rio... as águas são raras e límpidas; as margens guardam segredos de amanhãs futuros... palavras e ritmos de poemas que inundam silêncios inabitáveis. Imagens poéticas emigram, com destino certo, repousando nas pupilas de manhãs antigas. A expressão poética que me seduz nesse instante afaga um sentimento de vida sem concessões, confirmada com palavras sinceras e gestos espontâneos que transformam o poema no motivo único de dizer para o mundo que a poesia justifica e reinventa a vida.

Contraste

oscilações de momentos e instantes, alternâncias na corrente de energia que move e conduz a vida... Recorre-se, no entanto, com impensada insistência – e eis a questão vivenciada – a métodos, por vezes, inadequados e absolutamente incompatíveis com esses momentos e instantes imprevisíveis que, com suas inevitáveis variações, moldam e dão sentido à vida.

Esfinge

... de qualquer forma estamos todos certos, estamos todos errados, em um só tempo: eu, você, a humanidade. Tudo, vale lembrar, depende dos vários ângulos de visão definidores do quase imperceptível lampejo, através do qual a tudo conceituamos: o mundo, o homem, a vida. Neste espetáculo tragicômico – a existência humana – decidi ficar entre Maomé e a montanha, sentado na areia do exuberante e enigmático deserto, feito esfinge, a contemplar o sol, a lua, as estrelas, o firmamento, cingindo minhas rarefeitas divagações em torno dos mutantes sentidos confluentes. Enquanto isto, inexoravelmente, o tempo a nos corroer, resume todos, resume tudo à coisa alguma. Estamos todos certos, estamos todos errados, de qualquer forma... nada mais além. Eis o conturbado, no entanto, encantante teatro humano; a imaginosa, indecifrável, dúbia e encenada esfinge... imagem e figura, performance de Homem.

Loucura

hoje deparei-me com a loucura. A loucura em toda sua expressão e profundeza, no rosto de uma jovem. Dirigi-me a ela e perguntei por um amigo... amigo nosso de infância. Um olhar sublime e doce, bem doce e distante, acompanhado por um inebriante silêncio foi a resposta. Contemplei uma sensação de beleza e ternura sem limites, mesmo consciente de que estava há anos-luz da real e verdadeira essência daquele olhar.

Medo

o medo e a indecisão são dignos companheiros daqueles que exibem grandes asas, belos sonhos e fértil imaginação, no entanto, temem a esvoaçante rota velejada por instigantes e destemidos cirrus.

Revolução

revolução de neurônios, explosões de ideias... Eis a verdadeira e real força transformadora do mundo, que rompe e renova ordens políticas, econômicas, sociais e psicológicas... quebra velhos paradigmas já fossilizados, elevando a humanidade a uma instância até então apenas sonhada. Nessa forma revolucionária, sim, eu acredito e desejo – com muita alegria – aos Homens e seus amanhãs.

Hipocrisia

quanta frequência e ritmos cósmicos que nos induzem amor, prazer, harmonia e felicidade – em corpo e espírito – são sacrificados por ínfimos interesses humanos, mediante a farsa de medíocres convenções e regras que nos revelam apenas sofrimento, dor, angústia, tormentos e inconsequentes dúvidas.

Ceticismo

... e ele – longe de Jó – sofreu hipotéticas calúnias, dormiu meia dúzia de noites ao relento e seus olhos marejaram alguns indícios de humilhações. Foi o suficiente para de corpo e alma tornar-se plenamente vulnerável ao assédio da primeira tentação mundana que viesse ao seu encontro.

Futuro

e o futuro? Ah, o futuro eu busco nos gestos dos Homens! Não poderia ser de outra forma... O futuro é desenhado por gestos.

Silêncio

... depois se soube: aquele silêncio foi tão ferino, contundente e avassalador em sua vida que até mesmo os ventos loucos, perdidos, sem rumo – de aldeias longínquas – vinham debruçar-se diante de úmidas pupilas, a ouvirem longamente lamentos tristes de um arrependimento infindo.

Superação

está provado cientificamente que, em suas devidas proporções, a distância percorrida por um espermatozoide a partir do impulso de largada rumo ao óvulo a ser fecundado equivale à travessia do Pacífico entre as praias da costa chilena e a Ilha de Páscoa, perfazendo um percurso que gira em torno de 3.500km de extensão, a nado frenético e ininterrupto, em um espaço de tempo de, quando muito, quinze horas. Fico a imaginar... Se em uma competição extrema como essa, mais acirrada impossível, na qual se recorre a limites sobre-humanos, superando obstáculos de todos os gêneros, disputando com milhões e milhões de concorrentes, eu, espermatozoide, fui o vencedor da única vaga ofertada – triunfante, cheguei ao topo do *podium* – que outro desafio hei de temer? Nenhum outro... óbvio! Sim, recorri a todos os esforços possíveis: força, persistência, táticas mirabolantes, inteligência, criatividade e, fundamentalmente, vontade; a imensurável vontade de ser o primeiro a cruzar a faixa de chegada, a membrana ovular. Atingi o meu limite máximo, esgotei-me... triunfei, nasci. Eis o troféu: a vida! Fui, sou e sempre serei merecedor de um champagne. No entanto, é bom não esquecer, o desafio continua; a vida é repleta de desafios, a começar por ela mesma... Várias são as disputas, inúmeras são as contendas e todas travadas entre supervencedores. Sem exceção, os concorrentes – nos desafios da vida – assim como eu, venceram a grande batalha espermatozoica rumo ao óvulo. Mas na vida, amigo, há vagas para todos, há troféus suficientes para todos. Mesmo sem atingir os limites extremos, serei, sem dúvidas, um vencedor. Conquistarei, na medida do que me for possível, qualquer objetivo desejado. Claro, com determinação e garra, estabelecendo uma estratégia bem definida e eficiente, alinhando-se a insuperável vontade de vencer, chegarei na frente, serei o primeiro; em qualquer disputa, existirá sempre o nº 1. Mas na vida, amigo, repito, haverá vagas para todos, prêmios para todos, sempre, sempre... (refiro-me à vida/existência, levando-se em consideração a dignidade a ela atinente, incondicional, repudiando e excluindo todos os meios inaceitáveis de injustiça que denigrem a imagem e condição do humano)... Apenas um requisito preestabelecido, a ser observado de plena consciência: o esforço necessário o suficiente para ser um vencedor, configurando-se no máximo e inquestionável respeito e honestidade, espermato-humano, para consigo mesmo e para com os demais competidores.

Harmonia

a hipocrisia, a mentira velada, a omissão desnecessária de verdades, a farsa dissimulada, adoecem, cada vez mais, o tecido social. Pense por si mesmo e firmado na prudência, na tolerância e na transparência máxima de suas convicções, sem abrir mão da sua essência constitutiva originária, lute para edificar um mundo mais humano, sensato, solidário e livre.

Felicidade

felicidade não é um momento azul de euforia no qual nos sentimos plenamente nas nuvens. É, sim, uma permanente nuvem azul que – quer faça sol ou caia chuva – mantém uma aura constantemente azul, azul em torno dos surpreendentes instantes que nos esculpem a ferro e fogo.

Convicção

há muito, o tempo é o meu maior aliado. Sigo seu galope no mesmo compasso – guardo suas marcas, vibro suas cores – tanto em momentos claros de felicidade quanto em turvos momentos de desencanto... E assim, ao longo da vida, em combate nenhum, sequer imaginei e sequer imagino sair derrotado, por mais tenebroso e obscuro que se mostre o conflito. Eu e o tempo, afrontamos o próprio tempo.

Título	*O Retorno de Bennu*
Autor	Majela Colares
Editor	Plinio Martins Filho
Produção editorial	Aline Sato
Capa	Gustavo Piqueira / Casa Rex
Foto do autor	Társio Pinheiro
Editoração eletrônica	Camyle Cosentino
Formato	14 x 21 cm
Tipologia	Bembo
Papel	Pólen Bold 90 g/m² (miolo)
	Cartão Supremo 250 g/m² (capa)
Número de páginas	184
Impressão e acabamento	Graphium